Analyse de l'œuvre

Par Dominique Coutant-Defer
et Kelly Carrein

Les Souffrances du jeune Werther

de Johann Wolfgang von Goethe

Rendez-vous sur lepetitlitteraire.fr et découvrez :

Plus de 1200 analyses
Claires et synthétiques
Téléchargeables en 30 secondes
À imprimer chez soi

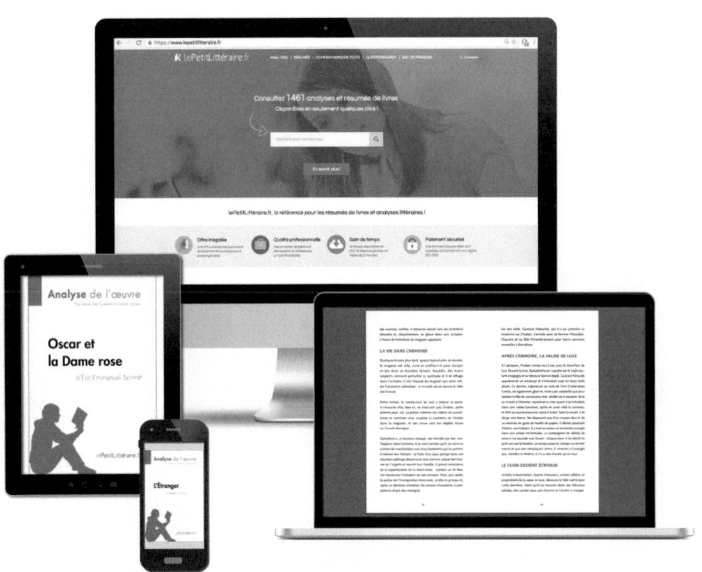

JOHANN WOLFGANG VON GOETHE

ÉCRIVAIN ALLEMAND

- **Né en 1749 à Francfort (Allemagne)**
- **Décédé en 1832 à Weimar (Allemagne)**
- **Quelques-unes de ses œuvres :**
  - *Les Années d'apprentissage de Wilhelm Meister* (1795-1796), roman
  - *Faust* (1808-1832), pièce de théâtre
  - *Le Divan occidental-oriental* (1819, augmenté en 1827), recueil poétique

Johann Wolfgang von Goethe est considéré comme le précurseur du mouvement romantique européen. Issu d'un milieu de bourgeois fortunés, il fait de solides études et devient avocat à la Cour impériale. Mais très tôt, l'écriture le passionne et son œuvre immense, composée à la fois de pièces de théâtre, de poèmes et de romans, place l'Allemagne, pendant un demi-siècle, sur le devant de la scène littéraire. Féru de musique, Goethe rencontre Mozart (compositeur allemand, 1756-1791) et Beethoven (compositeur allemand, 1770-1827). Les sciences retiennent également son intérêt (il fait paraitre un traité sur les couleurs ainsi que des ouvrages sur l'histoire naturelle). Ses deux chefs-d'œuvre, *Faust* et *Les Souffrances du jeune Werther*, sont universellement connus.

LES SOUFFRANCES DU JEUNE WERTHER

LE CHEF-D'ŒUVRE DU MOUVEMENT ROMANTIQUE

- **Genre :** roman épistolaire
- **Édition de référence :** *Les Souffrances du jeune Werther*, traduction de C. Helmreich et P. Leroux, Paris, Le Livre de Poche, coll. « Les classiques de Poche », 1999, 221 p.
- **1ʳᵉ édition :** 1774
- **Thématiques :** amour, désespoir, suicide, sensibilité, nature

Le roman épistolaire *Les Souffrances du jeune Werther* est l'une des premières œuvres de Goethe.

Cette histoire tragique évoque la passion dévorante de Werther, un jeune homme sensible et exalté, pour la jeune Charlotte, en qui il pense avoir trouvé l'âme sœur, mais qui est promise à un autre homme. Il tente alors de la fuir, puis revient vers elle et se laisse peu à peu dévorer par cet amour impossible. En posant les bases du romantisme, ce roman connait un succès considérable.

RÉSUMÉ

LIVRE PREMIER

Les premières lettres de Werther destinées à son ami Wilhelm datent du mois de mai 1771. D'emblée optimiste, il souhaite jouir du présent et laisser derrière lui les soucis du passé (« Les hommes auraient des peines bien moins vives [...] s'ils n'appliquaient pas toutes les forces de leur imagination à renouveler sans cesse le souvenir de leurs maux, au lieu de supporter un présent qui ne leur dit rien », lettre du 4 mai). Il y écrit sa joie d'avoir quitté la ville, où l'attendaient pourtant de brillantes fonctions, et d'avoir trouvé une « contrée paradisiaque » (lettre du 10 mai), Wahlheim, où il jouit avec délice de sa solitude et de longues promenades dans la montagne, où il sent partout la présence divine.

Il décrit le petit bourg dans lequel il descend parfois et les gens du pays avec lesquels il s'est lié d'amitié malgré sa sauvagerie naturelle. Il refuse que son ami lui envoie des livres, qui le « guideraient » (lettre du 13 mai) : les œuvres de « son

Homère » (ainsi désigne-t-il affectueusement le poète épique grec [VIIIe siècle av. J.-C.] constituent une berceuse à ses yeux et lui suffissent amplement). Il affirme que, de toute façon, la vie humaine est chimérique et que seule la nature, d'une richesse inépuisable, inspire les artistes. Lui-même dessine souvent ce qu'il a sous les yeux. Dans la seconde moitié du mois de mai, il commence à faire la connaissance de plusieurs personnes.

À la mi-juin, après un silence de trois semaines, il écrit une longue lettre à son ami. Il lui raconte qu'au cours d'un bal campagnard, il a fait la connaissance de Charlotte, la fille du bailli de la région, qui est fiancée à Albert, un jeune homme de bonne famille actuellement absent pour des affaires. Il l'a découverte en train de distribuer des tartines à ses six frères et sœurs, qui semblent l'adorer. « Mon âme tout entière s'attachait à sa figure, à sa voix, à son maintien » (lettre du 16 juin), écrit Werther, subjugué par ses yeux noirs.

Les jeunes gens se découvrent le même gout pour la poésie lyrique et partagent plusieurs danses au cours du bal. Le jeune homme est immédiatement charmé par Charlotte, qui devient dès lors le sujet unique des lettres à son ami. Cet amour le remplit d'un bonheur qu'il n'avait jamais connu (« Je coule des jours aussi heureux que ceux que Dieu réserve à ses élus : quelque chose qui m'arrive désormais, je ne pourrai pas dire que je n'ai pas connu les joies, les joies les plus pures de la vie », lettre du 21 juin).

Dans les semaines suivantes, Werther rend souvent visite à Charlotte et se lie avec les enfants, en qui il voit le germe de toutes les vertus et qui sont pour lui un modèle à suivre. De plus, la générosité de la jeune femme, qui visite tous les malades de la région, l'émeut profondément. Il est bientôt persuadé qu'elle l'aime (« Non, je ne me trompe pas ! Je lis dans ses yeux noirs le sincère intérêt qu'elle prend à moi », lettre du 13 juillet), malgré l'affection qu'elle semble porter à son fiancé. Cet amour semble lui faire du bien (« Combien je m'adore depuis qu'elle m'aime ! », *ibid.*).

Elle lui devient sacrée et chaque jour sans elle est un véritable supplice. Son entourage commence à lui demander si Charlotte lui plait, car il présente un certain visage en présence de la jeune femme.

Il tente même de faire son portrait, mais doit se contenter de dessiner sa silhouette tant il lui est difficile de dessiner sa beauté. Malheureusement, Albert revient de son voyage. Werther le trouve néanmoins estimable : il compare son tempérament calme au sien, qui est plutôt exalté et inquiet, et sait qu'il doit renoncer à Charlotte.

En aout, Wilhelm lui conseille de tenter de conquérir Charlotte ou de partir. Mais le jeune homme est indécis et se décrit comme fou. Il emprunte des pistolets à Albert pour une promenade en montagne et, par jeu, s'en applique un sur la tempe, le sachant non chargé. Albert lui dit alors sa désapprobation du suicide, qu'il considère comme une faiblesse, alors que Werther rétorque qu'il faut démêler les motifs de l'action.

Depuis le retour d'Albert, Werther passe souvent de l'exaltation à l'abattement, et se plaint de sa trop grande sensibilité (« Pourquoi faut-il que ce qui fait la félicité de l'homme devienne aussi la source de son malheur ? », lettre du 18 aout). Tout ce qui l'entoure et qu'il aimait l'oppresse désormais et le rend malheureux. Le jour de son anniversaire, il reçoit de Charlotte ce qu'il lui avait souvent demandé : un nœud rose de la robe qu'elle portait lors de leur première rencontre.

En septembre, il se décide à prendre un poste dans une ambassade, sans avertir personne. Quitter Wahlheim et Charlotte lui semble la seule solution, même si les adieux sont déchirants.

LIVRE SECOND

La vie à l'ambassade déplait à Werther, qui s'épanche sur ce sujet dans de longues lettres. Charlotte lui annonce qu'elle s'est mariée. Il se lie alors avec Mlle de B., dont il apprécie la charmante compagnie.

En mars, il démissionne après une altercation avec l'ambassadeur, qui lui a fait comprendre que la place d'un roturier n'était pas à la cour. Ses malheurs s'intensifient, et il évoque de plus en plus souvent le suicide.

Il entreprend en mai un périple dans sa région natale et séjourne chez un aristocrate. Mais il s'ennuie et finit par s'avouer : « Je ne veux que me rapprocher de Charlotte. » (lettre du 18 juin) En juillet, il s'insurge contre Dieu, qui ne l'a pas uni à Charlotte, qui n'est, selon lui, pas accordée à Albert. La mort de ce dernier arrangerait les choses, pense-t-il avec amertume.

En aout, Werther revient à Walheim. Il rencontre un valet de ferme et compatit à son sort : il a été renvoyé parce qu'il était amoureux de la fermière. Il abandonne avec regret l'habit, trop usé, qu'il portait la première fois qu'il a dansé avec Charlotte. Fréquentant à nouveau la maison de cette dernière, il s'irrite de ses mignardises, qui exaspèrent son désir alors qu'elle sait qu'il l'aime. Il ne comprend pas qu'Albert ne semble pas aussi heureux qu'il devrait l'être.

En automne, il abandonne la lecture d'Homère pour celle d'Ossian (héros et barde légendaire écossais du IIIe siècle), dont l'exaltation tourmentée lui plait, et se plaint d'avoir tant d'amour inexploité en lui (« Dieu sait combien de fois je me mets au lit avec le désir et quelquefois l'espérance de ne pas me réveiller » (lettre du 3 novembre), écrit Werther. Charlotte lui reproche ses excès et ses déclarations enflammées, mais elle a conscience de son extrême souffrance.

Au détour d'une conversation avec un pauvre

homme dans la campagne, il apprend que ce dernier n'a été heureux que lorsqu'il a été interné dans un asile de fous. Werther en vient presque à envier le sort de cet homme qui a perdu la raison. Il apprend que « cet heureux infortuné » (p. 150) a été commis chez le père de Charlotte, qui l'avait renvoyé car il était tombé amoureux de la jeune fille.

Le 4 décembre, alors qu'il supplie Charlotte de cesser de jouer au clavecin un air qui le bouleverse, la jeune femme lui demande de partir, le considérant comme malade. La correspondance avec Wilhelm s'arrêtant à cette date, l'éditeur prétend que la suite du livre est constituée des témoignages recueillis auprès des proches de Werther et d'informations issues de papiers retrouvés chez lui.

L'ÉDITEUR AU LECTEUR

Werther est de plus en plus malheureux et son intelligence se délabre. Il devient injuste avec Albert qu'il trouve distant envers Charlotte et, en même temps, s'accuse de perturber leur ménage. Il apprend que le valet renvoyé autrefois de la ferme où il travaillait vient d'assassiner celui qui l'a remplacé dans le cœur de la fermière. Werther plaide en vain sa cause auprès du bailli. Albert demande à Charlotte d'éloigner le jeune homme dont les visites incessantes commencent à susciter les commérages (« Détruisant ses forces sans but, et s'usant sans espérances [Werther] s'approch[e] progressivement d'une triste fin », p. 158).

En décembre, le dégel inonde la vallée de Walheim, et le jeune homme contemple, désespéré, les lieux méconnaissables de ses anciennes promenades avec Charlotte. Une lettre destinée à Wilhelm, datée du 20 décembre, est retrouvée chez Werther : elle annonce sa décision irrévocable de mettre fin à ses jours. Une autre lettre pour Charlotte, le lendemain, évoque le même projet, en réaffirmant sa terrible passion pour elle.

Il se rend chez elle le soir et elle lui demande de lui lire la traduction des chants d'Ossian qu'il a réalisée. Bouleversée par cette lecture, Charlotte tombe éperdue dans ses bras. C'est la dernière fois qu'ils se voient. Il lui dit adieu et quitte la maison. Le lendemain, il envoie son domestique emprunter les pistolets d'Albert, qu'il veut soi-disant emporter en voyage. Albert demande à Charlotte, très ébranlée par la scène de la veille, d'aller les chercher pour que le domestique puisse les ramener à Werther. Apprenant qu'elle a touché les armes, Werther écrit à la jeune femme qu'il est heureux de mourir par ses mains.

Son domestique le trouve le lendemain matin agonisant d'une balle qu'il s'est tirée dans la tête. Charlotte s'évanouit lorsqu'elle apprend la nouvelle. Albert et toute la famille du bailli entourent le blessé, que le médecin tente en vain de sauver. Il meurt à midi. Il est enterré la nuit, sans présence religieuse, tandis qu'on craint pour la vie de Charlotte.

ÉTUDE DES PERSONNAGES

WERTHER

Le narrateur, dont le lecteur ne connait aucun détail physique, mais uniquement ses tribulations psychologiques, débute son récit en évoquant son installation à Walheim, après avoir quitté sa ville de naissance et son ami Wilhelm. Solitaire et sensible, il trouve son bonheur dans une communion avec la nature environnante, dont il apprécie l'immense beauté. Son lien privilégié avec la nature lui permet, au début du roman, de se sentir proche de Dieu. À l'inverse, une fois plongé dans la dépression, la nature ne l'attirera plus et il se sentira abandonné par Dieu. Ces paysages enchanteurs sont l'occasion pour lui d'écrire de longues exaltations lyriques.

Au lieu de s'épancher oralement, le héros préfère envoyer des lettres à son ami Wilhelm. Les premières lettres suivant son arrivée au village témoignent de son optimisme et de sa joie de vivre.

La solitude sied à Werther, sans pour autant qu'il soit asocial : il apprécie les gens qu'il rencontre et ne les fuit pas, mais ne construit de lien véritable qu'avec Charlotte et avec Wilhelm par le biais de sa correspondance.

Werther démontre en outre un tempérament d'artiste : il est poétique tant dans ses écrits que dans la manière qu'il a d'observer d'autres hommes ou le magnifique paysage ; il dessine avec plaisir ce qu'il aime voir, mais ne parvient pas à dessiner l'objet de son amour.

Wilhelm est un véritable confident pour Werther et reçoit des lettres témoignant de la passion ardente habitant son ami. L'exaltation dont Werther faisait preuve dans ses descriptions des paysages bucoliques au début du roman est transférée par la suite dans le récit de ses rencontres avec Charlotte. Même si l'attirance est réciproque, Charlotte est promise à un autre.

Le retour d'Albert, son fiancé, marque le déclin du bonheur exalté du narrateur : celui-ci, comprenant qu'il ne pourra jamais concrétiser son amour avec Charlotte, sombre peu à peu dans une intense dépression. La ville et sa nature environnante, présentées d'abord comme un lieu de félicité où chaque détail bucolique rendait Werther immensément heureux devient le lieu d'un malheur de plus en plus grand.

Pour échapper à cet amour impossible qui le ronge, Werther fuit Walheim et courtise une autre demoiselle. Cependant, ni son voyage ni sa nouvelle romance ne le rendent heureux, et son amour obsessionnel pour Charlotte continue à rythmer ses lettres, de plus en plus larmoyantes. Se sentant abandonné par Dieu et trahi par un destin qui semblait prometteur, le suicide est la seule issue possible pour Werther, qui ne peut plus vivre dans une telle souffrance (« Je ne vois à tant de souffrance d'autre terme que le tombeau », lettre du 30 aout)

CHARLOTTE

Werther est immédiatement séduit par cette jeune fille aux yeux noirs, « avenante, de taille moyenne, vêtue d'une simple robe blanche avec des nœuds couleur de rosé pâle » (lettre du 16 juin), lorsqu'il la rencontre au début du roman. « Tant d'ingénuité avec tant d'esprit ! tant de bonté avec tant de force de caractère ! »

(*ibid.*), poursuit-il. Fille du bailli local, orpheline de mère, elle élève avec amour et dévouement ses six frères et sœurs qui l'adorent. Généreuse et altruiste, elle rend régulièrement visite aux malades du village : « [Son] regard adoucit les souffrances, et fait des heureux. » (lettre du 6 juillet)

Elle partage avec Werther la passion des poèmes lyriques et de la musique. Elle est profondément attirée par le jeune homme, mais, fiancée puis mariée à un homme qu'elle respecte et pour lequel elle éprouve une grande affection, elle ne cèdera jamais à son amour pour Werther, dont elle semble craindre les débordements exaltés (« Vous êtes effrayant quand vous êtes si gai ! », lettre du 30 juillet). La mort de celui-ci la plongera dans une grande tristesse.

ALBERT

Fiancé puis marié à Charlotte, Albert est un homme droit, honnête et respectueux, aux valeurs morales affirmées, qui réprouve ardemment le suicide. Werther reconnait de grandes qualités à son rival, et les deux hommes deviennent amis, se retrouvant même sans Charlotte pour discuter. Ils se disputent d'ailleurs au sujet du suicide. Bien qu'il devine la passion de Werther pour Charlotte, Albert ne lui en tient jamais rigueur et s'occupe de lui lorsqu'il est à l'agonie. Il ne semble pas apprécier Charlotte autant qu'il le devrait aux yeux de Werther.

CLÉS DE LECTURE

UN ROMAN ÉPISTOLAIRE

Une forme littéraire

Le roman par lettres (ou roman épistolaire) est l'une des formes romanesques les plus fréquentes au XVIIIe siècle. *Les Lettres portugaises* (1669) de Guilleragues (écrivain français, 1628-1685), suite de lettres d'amour soi-disant écrites par une religieuse portugaise, ont servi de modèle à ce genre. Montesquieu (écrivain français, 1689-1755) s'en réclame d'ailleurs ouvertement avec ses *Lettres persanes* (1721).

Le succès des grands romans, notamment *Paméla* (1740) et *Clarisse Harlowe* (1747-1748), de Richardson (écrivain anglais, 1689-1761) a encore accentué l'intérêt pour ce genre littéraire et l'a propagé dans tous les pays européens. L'engouement suscité, en 1782, par la parution des *Liaisons dangereuses* (1782) de Choderlos de Laclos (écrivain français, 1741-1803) le prouve.

Le roman épistolaire est par définition un écrit fictionnel et ne doit pas être confondu avec les recueils de correspondance, qui regroupent des lettres qui ont été réellement échangées par de vraies personnes. Cependant, il peut – comme tout roman – comporter des éléments autobiographiques ; on soupçonne d'ailleurs *Les Souffrances du jeune Werther* d'être d'inspiration autobiographique.

Notons qu'au XVIIIe siècle, la lettre est le moyen de communication privilégié : l'emploi de celle-ci dans un cadre romanesque confère donc à un écrit une apparence de réalisme indéniable, accentuée par l'utilisation de la première personne à une époque où les romans à la troisième personne sont légion.

Malgré une forme codifiée (longueur relativement courte des lettres, datation, mention du destinateur et du destinataire), le roman épistolaire se permet quelques originalités : certains – à l'instar des *Souffrances du jeune Werther* – ne présentent qu'une facette de la correspondance sans proposer les réponses du ou des destinataires ; d'autres, comme *Les Liaisons dangereuses*, comportent de nombreux destinateurs et destinataires, ne créant pas un dialogue unique, mais plutôt des conversations multiples.

Une écriture de soi

Si, traditionnellement, un ouvrage épistolaire est polyphonique, le roman de Goethe ne donne pratiquement la parole qu'au personnage principal, le jeune Werther, ce qui renforce encore la forte valorisation de la subjectivité et de l'espace privé qu'on trouve dans le genre épistolaire. Goethe prétend que la fin du roman a été élaborée à partir de témoignages de tiers sur les dernières semaines du héros (la correspondance avec Wilhelm ayant cessé), mais de nombreuses informations parviennent encore grâce à des lettres non expédiées retrouvées dans les affaires de Werther après sa mort.

La narration épistolaire a la particularité de ne pas présenter d'évènements extérieurs, d'aventures extravagantes, mais uniquement leur réfraction dans l'esprit de l'épistolier. Le lecteur perçoit ainsi l'histoire intérieure des personnages, leur caractère et leur évolution, par le biais du point de vue interne nécessairement adopté pour ce genre de texte. Les coups de théâtre ou les rebondis-

sements sont plus psychologiques que factuels :
« Une lettre est le portrait de l'âme, [...] elle se
prête à tous nos mouvements », dit le chevalier
Danceny (CHODERLOS DE LACLOS P., *Les Liaisons
dangereuses*, Paris, Folio, 2006, lettre 150).

En écrivant, l'épistolier se décrit, d'autant plus
que la lettre est souvent contemporaine des
évènements relatés. Ainsi, Werther raconte
« à chaud » sa rencontre avec Charlotte : « J'ai
fait une connaissance qui touche de près à mon
cœur. » (lettre du 16 juin) Il précise qu'il est
« content et heureux, par conséquent mauvais
historien » (*ibid.*), ce qui en dit long sur l'aspect
purement subjectif de la relation des faits.

UN COURANT LITTÉRAIRE : LE ROMANTISME

Les origines du romantisme

Le romantisme est un courant littéraire et cultu-
rel qui apparait à la fin du XVIIIe siècle, d'abord
en Allemagne, puis en Angleterre et en France,
il gagne ensuite toute l'Europe et concerne tous
les arts (la littérature, la peinture, la sculpture et
la musique). Richardson avec son roman *Clarisse*

Harlowe, William Blake (poète, peintre et graveur anglais, 1757-1827) et ses *Chants d'innocence* (1789), Jean-Jacques Rousseau (écrivain et philosophe français, 1712-1778) et *Julie ou la Nouvelle Héloïse* (1761) ainsi que Goethe et *Les Souffrances du jeune Werther* contribuent à propager l'idéal romantique.

Goethe a d'ailleurs été l'un des chefs de file du mouvement littéraire et politique du « Sturm und Drang » (« Tempête et passion ») qui constitue le point de départ du romantisme. Ce courant fait suite à la période des Lumières, mouvement philosophique et littéraire qui prônait avant tout l'utilisation de la raison en toute circonstance. Ainsi, la création artistique était gouvernée par des règles précises et très strictes, qui laissaient très peu de place à la personnalité du créateur.

C'est en opposition à cette rigidité omniprésente que le courant du « Sturm und Drang », et par corollaire le romantisme, voient le jour : ils préconisent les sentiments, la liberté individuelle et la passion personnelle de l'artiste, qui se réfugie dans la nature pour trouver l'inspiration et pour exprimer sa propre intériorité.

Le romantisme perdure jusqu'à la seconde moitié du XIXᵉ siècle avec des écrivains tels que Lamartine (poète et homme politique français, 1790-1869), Chateaubriand (écrivain et homme politique français, 1768-1848) ou encore Hugo (écrivain français, 1802-1885) qui, dans la préface de sa pièce *Cromwell* (1827), signe le manifeste du drame romantique français. Ce texte, considéré comme l'un des éléments fondateurs du romantisme en France, défend un certain libéralisme artistique : pour Hugo, l'écrivain ne doit être soumis à aucune règle extérieure, mais doit se laisser guider par sa propre imagination, sans s'imposer la moindre limite.

Alfred de Musset (écrivain français, 1810-1857), un peu plus tard, invente l'expression de « mal du siècle », pour désigner l'état d'esprit du héros romantique en plein désarroi face à ses rêves de liberté contraints par les exigences sociales.

Le romantisme est remplacé comme courant artistique phare aux alentours de 1850 par le courant réaliste, qui prône une description la plus réaliste possible du monde environnant et des sentiments intérieurs. Le mouvement romantique est par ailleurs caractérisé par quatre motifs distincts, à l'œuvre dans le roman de Goethe.

La mise en avant de l'individualité

Le héros romantique ne se perçoit pas comme un individu social, faisant partie d'une collectivité. Au contraire, il tend vers l'isolement et la solitude, comme c'est le cas de Werther. De plus, cet effet est renforcé dans le roman de Goethe par le fait que le lecteur n'a pas connaissance des réponses de son correspondant, Wilhelm. La phrase « Que je suis aise d'être parti ! Ah ! mon ami, qu'est-ce que le cœur de l'homme ? Te quitter, toi dont j'étais inséparable ; te quitter et être content ! » (lettre du 4 mai) constitue la première ligne du roman. De même, Werther, lors de son séjour à l'ambassade, jugera durement les attitudes mondaines de la cour et n'aura de cesse de retrouver à nouveau sa solitude.

L'exacerbation des sentiments

Corrélativement à la mise en avant de l'individualité des êtres, ceux-ci sont essentiellement tournés vers eux-mêmes et leurs émotions personnelles. La littérature romantique met l'accent sur l'intériorité propre à chaque homme, à travers des héros qui expriment, de manière lyrique, tant leur enthousiasme que leurs souffrances, souvent engendrées par l'insatisfaction qu'ils ressentent. En effet, le héros romantique, prônant une vie solitaire, est nécessairement frustré par le contact avec la réalité, dont il supporte mal les obstacles, vus comme insurmontables.

Ainsi, Werther se heurte à Albert, qui le prive de Charlotte, ne trouve pas sa place à l'ambassade, etc. Il est alors attiré par des êtres marginaux (le fou rencontré dans la campagne, le valet de ferme meurtrier) et tenté par les mêmes déviances.

Ne parvenant pas à correspondre à la réalité, il passe par une phase de révolte et tombe dans des excès qui vont se développer en une forme violente et exagérée.

On est loin de l'acception courante de l'adjectif « romantique ». Werther est exalté, frôle la folie et subit violemment la frustration du désir non assouvi : « Oh ! quel feu parcourt toutes mes veines lorsque par hasard mon doigt touche le sien, lorsque nos pieds se rencontrent sous la table ! » (lettre du 16 juillet), écrit le jeune homme éperdu d'amour pour cette femme qui appartient à un autre.

De même, il rêve de la mort d'Albert et s'en trouve d'autant plus déchiré qu'il reconnait de nombreuses qualités à son rival. Comme on le constate, les héros romantiques vivent intensément et éprouvent des sentiments nécessairement extrêmes, des passions dévorantes, comme celle qui attire Werther vers Charlotte.

L'œuvre de Goethe correspond donc à cette culture de la sensibilité exacerbée qui caractérise le romantisme. Cette dernière est envisagée comme une donnée positive qui rend l'être réceptif au monde extérieur. Elle permet également la communication entre les individus sans recourir au langage : la contemplation extasiée de la campagne après l'orage par Werther et Charlotte les laisse muets, mais leurs mains se rejoignent naturellement, car ils partagent les mêmes sentiments face à ce spectacle.

La nature

La nature apparait dans la littérature romantique d'une part comme source d'inspiration pour les artistes et les écrivains (chez Rousseau ou Lamartine, par exemple) ou comme prétexte pour le héros à l'épanchement de sa sensibilité.

D'autre part, elle peut être un élément important et symbolique de la narration. En effet, le cycle naturel des saisons joue un rôle prédominant dans *Les Souffrances du jeune Werther* : il n'est pas anodin que la passion du héros pour Charlotte naisse au printemps, au moment de l'année où le personnage s'extasie devant la nature renaissante (« Il règne dans mon âme une merveilleuse sérénité, semblable aux douces matinées de printemps que je savoure avec délices », lettre du 4 mai). Et c'est l'automne et l'hiver de l'année suivante qui servent de cadre à la descente aux enfers et au suicide du protagoniste.

De même, la nature s'associe à son état d'esprit dévasté par son amour impossible en lui offrant, par exemple, le triste spectacle de la vallée si chère au héros (puisqu'elle a vu ses promenades avec Charlotte), inondée et dévastée par un brusque dégel.

Inversement, elle participe également à l'euphorie des premiers moments amoureux : c'est au clair de lune que les jeunes gens échangent de douces paroles.

La nostalgie du passé

Une fois plongé dans sa dépression et ses pensées suicidaires, Werther cesse de s'émerveiller face au monde qui l'entoure et se replie sur lui-même : sa situation présente – notamment lorsqu'il se trouve à l'ambassade – n'a plus aucun intérêt pour lui. La nostalgie face au passé, plus heureux, s'empare alors du héros.

Ce motif est fréquent dans les œuvres romantiques : il apparait à travers un intérêt certain pour la mort, et pour des états de choses dépassés ou disparus. Celui-ci se manifeste à deux reprises au sein du roman :

• dès le début de l'histoire, Werther témoigne de sa passion pour l'Antiquité, préférant lire Homère, qui le « berce » (lettre du 13 mai) et apaise les ardentes passions qui l'habitent. Il refuse d'être « guidé » (*ibid.*) par les livres plus récents que propose de lui envoyer son ami. Ce faisant, il met une distance entre lui et la

culture qui lui est contemporaine, se plongeant volontairement dans un passé révolu ;
* les ruines, symbole criant d'un passé détruit, apparaissent dans le roman lorsque Werther s'y balade avec Charlotte. Il s'agit d'un motif romantique, surtout présent en peinture, mais également en littérature. L'artiste romantique y voit une allégorie de sa propre existence. La ruine peut symboliser le décalage que le héros romantique ressent par rapport au monde qui l'entoure, mais elle peut également refléter le besoin de voir le monde à travers un autre filtre pour en reconnaitre la beauté. Dans *Les Souffrances du jeune Werther*, les ruines provoquent l'émoi du héros.

À L'ENCONTRE DES MŒURS BOURGEOISES : UNE RÉVOLUTION ROMANTIQUE

Werther révolté

Werther ne se reconnait pas parmi les bourgeois, dont il n'accepte pas les mœurs (qu'il juge superficielles) ni les valeurs, telles le matérialisme et le conformisme qui dominent à l'époque. Il n'hésite donc pas à critiquer de façon acerbe ces habitudes, futiles à ses yeux, à plusieurs reprises.

Ce faisant, il s'inscrit dans le mouvement romantique qui se révolte également contre les mœurs bourgeoises et prône l'importance du sentiment personnel.

Dans la lettre du 15 mai, il critique le dédain qu'éprouve la bourgeoisie pour les gens de classe inférieure :« Je sais bien que nous ne sommes pas tous égaux, que nous ne pouvons l'être ; mais j'estime que celui qui se croit obligé de se tenir éloigné de ce qu'on nomme la populace, pour s'en faire respecter, ne vaut pas mieux que le poltron ». Il s'agit d'une réflexion qu'il partage à son ami Wilhelm, après avoir remarqué que les gens d'un rang élevé prennent leur distance face à la population de basse classe sociale, comme si ceux-ci pouvaient leur porter préjudice par leur simple existence.

Dans la lettre du 26 mai, il s'érige contre la conception de l'amour bourgeois, qui contredit ses propres idées de l'amour passionnel (« Survient quelque bon bourgeois, quelque homme en place, qui lui dit : "Mon jeune monsieur, aimer est de l'homme, seulement vous devez aimer comme il sied à un homme. Réglez bien l'emploi de vos instants ; consacrez-en une partie à votre travail et les heures de loisir à votre maitresse." ») Werther, quant à lui, estime que l'homme qui aime devrait « prouver sans cesse qu'il s'est donné entièrement à elle » (*ibid*.) et ne pas se préoccuper de règles fixées, au risque de perdre sa bienaimée. Ainsi, Werther témoigne de la volonté romantique de renier les règles pour laisser place à l'exaltation des passions.

Dans la lettre du 1er juillet, il critique la tendance des bourgeois à se plaindre (« Nous nous plaignons souvent, dis-je, que nous avons si peu de beaux jours et tant de mauvais ; il me semble que la plupart du temps nous nous plaignons à tort »). Ceux-ci se montrent incapables d'apprécier les petites joies de la vie, à l'inverse de Werther, qui, au début du roman, se réjouissait des paysages magnifiques et des détails les plus insignifiants de ceux-ci.

Dans la lettre du 20 juillet, il critique le gout des bourgeois pour l'argent : « Tout dans cette vie aboutit à des niaiseries ; et celui qui, pour plaire aux autres, sans besoin et sans goût, se tue à travailler pour de l'argent, pour des honneurs ou pour tout ce qu'il vous plaira, est à coup sûr un imbécile. » Les bourgeois font donc preuve d'un grand matérialisme, ne trouvant le bonheur que dans l'action de posséder. Plus ils possèdent d'objets témoignant de leur richesse, plus ils se sentent heureux. À l'inverse, Werther trouve le véritable bonheur dans ce qui est insaisissable et qu'il ne peut posséder (l'amour, la nature et l'art). Sa position à l'ambassade, qui devrait lui apporter une véritable sécurité financière, ne lui procure aucune joie, car il est éloigné de ce qui le rend heureux.

Le suicide : l'ultime révolte

Dans la lettre du 12 aout, Albert et Werther s'entretiennent au sujet du suicide, et la discussion tourne à la dispute. Werther évoque l'exemple d'une jeune femme abandonnée par son amant dont elle est éprise. Le narrateur comprend très bien que l'on puisse se suicider par désespoir, alors que son rival décrie cette action, argumentant que toute peine, même la plus intense, peut s'apaiser avec le temps.

Dans la société catholique de l'époque, le suicide

était considéré comme un péché impardonnable et inavouable. La discussion entre Werther et Albert, et l'incompréhension de ce dernier, montrent que le sujet est véritablement tabou. La volonté de l'Église d'interdire *Les Souffrances du jeune Werther* lors de sa publication à l'époque prouve que le suicide était considéré comme une véritable menace pour la religion, qui le refuse, car il atténue l'emprise qu'elle peut avoir sur le peuple.

En se suicidant, Werther se rebelle contre les conventions bourgeoises, symbolisées notamment par Albert, qui voudraient que la mort soit le choix de Dieu, et non le choix de l'homme. En choisissant lui-même la date de sa mort et la façon de mourir, Werther commet un acte qui apparait incompréhensible pour l'époque : comment un homme mortel ordinaire peut-il prétendre jouer un rôle réservé à Dieu ?

De plus, le suicide étant décrié par la religion, Werther fait preuve d'un mépris certain pour celle-ci, en un lieu et un temps où elle revêtait encore un caractère sacré et incontournable.

L'effet Werther

Suite à la publication de l'œuvre de Goethe, de nombreux jeunes allemands se suicident par arme à feu, selon le procédé utilisé par le héros du roman. L'hécatombe causée par cette imitation de masse est telle que l'Église demande l'interdiction du livre en Europe.

En 1976, le sociologue américain David Phillips avance l'hypothèse que les suicides tendent à augmenter après la médiatisation d'un cas de suicide particulier. Il baptise sa théorie « l'effet Werther » : celle-ci stipule que plus un suicide est exposé par les médias, plus il est possible de voir une augmentation du taux de suicide, par mimétisme. Ce fut notamment le cas suite au suicide de Kurt Cobain (artiste américain, 1967-1994) et de Dalida (chanteuse et actrice française, 1933-1987).

Cependant, l'effet Werther est observable uniquement suite à des suicides de célébrités et non plus à des suicides fictionnels comme ce fut le cas avec *Les Souffrances du jeune Werther*. Le mimétisme qu'a provoqué ce roman peut être expliqué, du moins partiellement, par le réalisme engendré par la forme du récit épistolaire, qui donne à la fiction l'aspect d'une correspondance tout à fait réelle.

Les Souffrances du jeune Werther, premier roman d'un auteur de 25 ans presque inconnu, se distingue des autres textes de l'époque par plusieurs aspects : contrairement aux volumineux romans, il est d'une taille très courte ; il préfigure le mouvement romantique par l'exaltation intense des sentiments du héros éponyme ; il dédaigne la bourgeoisie et la religion, pourtant omniprésentes à la fin du XVIIIe siècle, en traitant de la thématique du suicide. Il reste, à ce jour, l'un des grands classiques de la littérature allemande.

PISTES DE RÉFLEXION

QUELQUES QUESTIONS POUR AP-PROFONDIR SA RÉFLEXION...

- Quels rapports Werther entretient-il avec les autres lorsqu'il sort de sa solitude ?
- Albert est le rival de Werther. Quels rapports entretiennent les deux hommes ? Qu'en pensez-vous ?
- Charlotte, principale figure féminine du roman, n'a pas qu'une dimension amoureuse. Quels autres aspects de sa personnalité attirent Werther ?
- Récapitulez les différentes étapes de la passion de Werther pour Charlotte. Détaillez-les et donnez-leur un titre.
- En quoi l'exil de Werther pour échapper à son amour impossible est-il un échec ?
- Le suicide de Werther est en quelque sorte annoncé dès le début du récit. À quels endroits du texte ?
- À la lecture des *Souffrances du jeune Werther*, pensez-vous que le sens que l'on accorde

souvent à l'adjectif « romantique » soit appro-
prié ? Justifiez votre réponse.

- Quel rôle joue la nature dans le texte de Goethe ? Ne fait-elle que représenter un cadre pour l'action ?
- Le roman de Goethe est un roman épistolaire : en quoi ce choix de l'auteur renforce-t-il le caractère subjectif de l'œuvre ?
- « Pourquoi faut-il que ce qui fait la félicité de l'homme devienne aussi la source de son malheur ? » (lettre du 18 aout) : commentez à l'aide d'exemples tirés de l'œuvre.

POUR ALLER PLUS LOIN

ÉDITION DE RÉFÉRENCE

- GOETHE J. W., *Les Souffrances du jeune Werther*, Paris, Le Livre de Poche, coll. « Les Classiques de Poche », 1999.

ÉTUDE DE RÉFÉRENCE

- CHODERLOS DE LACLOS P., *Les Liaisons dangereuses*, Paris, Folio, 2006.

Retrouvez notre offre complète sur lePetitLittéraire.fr

- des fiches de lectures
- des commentaires littéraires
- des questionnaires de lecture
- des résumés

ANOUILH
- Antigone

AUSTEN
- Orgueil et Préjugés

BALZAC
- Eugénie Grandet
- Le Père Goriot
- Illusions perdues

BARJAVEL
- La Nuit des temps

BEAUMARCHAIS
- Le Mariage de Figaro

BECKETT
- En attendant Godot

BRETON
- Nadja

CAMUS
- La Peste
- Les Justes
- L'Étranger

CARRÈRE
- Limonov

CÉLINE
- Voyage au bout de la nuit

CERVANTÈS
- Don Quichotte de la Manche

CHATEAUBRIAND
- Mémoires d'outre-tombe

CHODERLOS DE LACLOS
- Les Liaisons dangereuses

CHRÉTIEN DE TROYES
- Yvain ou le Chevalier au lion

CHRISTIE
- Dix Petits Nègres

CLAUDEL
- La Petite Fille de Monsieur Linh
- Le Rapport de Brodeck

COELHO
- L'Alchimiste

CONAN DOYLE
- Le Chien des Baskerville

DAI SIJIE
- Balzac et la Petite Tailleuse chinoise

DE GAULLE
- Mémoires de guerre III. Le Salut. 1944-1946

DE VIGAN
- No et moi

DICKER
- La Vérité sur l'affaire Harry Quebert

DIDEROT
- Supplément au Voyage de Bougainville

DUMAS
- Les Trois
  Mousquetaires

ÉNARD
- Parlez-leur
  de batailles,
  de rois et
  d'éléphants

FERRARI
- Le Sermon sur la
  chute de Rome

FLAUBERT
- Madame Bovary

FRANK
- Journal
  d'Anne Frank

FRED VARGAS
- Pars vite et
  reviens tard

GARY
- La Vie devant soi

GAUDÉ
- La Mort du
  roi Tsongor
- Le Soleil des
  Scorta

GAUTIER
- La Morte
  amoureuse
- Le Capitaine
  Fracasse

GAVALDA
- 35 kilos d'espoir

GIDE
- Les
  Faux-Monnayeurs

GIONO
- Le Grand
  Troupeau
- Le Hussard
  sur le toit

GIRAUDOUX
- La guerre de
  Troie
  n'aura pas lieu

GOLDING
- Sa Majesté des
  Mouches

GRIMBERT
- Un secret

HEMINGWAY
- Le Vieil Homme
  et la Mer

HESSEL
- Indignez-vous !

HOMÈRE
- L'Odyssée

HUGO
- Le Dernier Jour
  d'un condamné
- Les Misérables
- Notre-Dame
  de Paris

HUXLEY
- Le Meilleur
  des mondes

IONESCO
- Rhinocéros
- La Cantatrice
  chauve

JARY
- Ubu roi

JENNI
- L'Art français
  de la guerre

JOFFO
- Un sac de billes

KAFKA
- La Métamorphose

KEROUAC
- Sur la route

KESSEL
- Le Lion

LARSSON
- Millenium 1. Les
  hommes qui
  n'aimaient pas
  les femmes

LE CLÉZIO
- Mondo

LEVI
- Si c'est un
  homme

LEVY
- Et si c'était vrai…

MAALOUF
- Léon l'Africain

MALRAUX
- La Condition
  humaine

MARIVAUX
- La Double
  Inconstance
- Le Jeu de l'amour
  et du hasard

MARTINEZ
- Du domaine
  des murmures

MAUPASSANT
- Boule de suif
- Le Horla
- Une vie

MAURIAC
- Le Nœud
  de vipères

MAURIAC
- Le Sagouin

MÉRIMÉE
- Tamango
- Colomba

MERLE
- La mort est
  mon métier

MOLIÈRE
- Le Misanthrope
- L'Avare
- Le Bourgeois
  gentilhomme

MONTAIGNE
- Essais

MORPURGO
- Le Roi Arthur

MUSSET
- Lorenzaccio

MUSSO
- Que serais-je
  sans toi ?

NOTHOMB
- Stupeur et
  Tremblements

ORWELL
- La Ferme
  des animaux
- 1984

PAGNOL
- La Gloire de
  mon père

PANCOL
- Les Yeux jaunes
  des crocodiles

PASCAL
- Pensées

PENNAC
- Au bonheur
  des ogres

POE
- La Chute de la
  maison Usher

PROUST
- Du côté de
  chez Swann

QUENEAU
- Zazie dans
  le métro

QUIGNARD
- Tous les matins
  du monde

RABELAIS
- Gargantua

RACINE
- Andromaque
- Britannicus
- Phèdre

ROUSSEAU
- Confessions

ROSTAND
- Cyrano de
  Bergerac

ROWLING
- Harry Potter à
  l'école des sor-
  ciers

SAINT-EXUPÉRY
- Le Petit Prince
- Vol de nuit

SARTRE
- Huis clos
- La Nausée
- Les Mouches

SCHLINK
- Le Liseur

SCHMITT
- La Part de l'autre
- Oscar et la
  Dame rose

SEPULVEDA
- Le Vieux qui
  lisait des romans
  d'amour

SHAKESPEARE
- Roméo et Juliette

SIMENON
- Le Chien jaune

STEEMAN
- L'Assassin
  habite au 21

STEINBECK
- Des souris et
  des hommes

STENDHAL
- Le Rouge et
  le Noir

STEVENSON
- L'Île au trésor

SÜSKIND
- Le Parfum

TOLSTOÏ
- Anna Karénine

TOURNIER
- Vendredi ou
  la Vie sauvage

TOUSSAINT
- Fuir

UHLMAN
- L'Ami retrouvé

VERNE
- Le Tour
  du monde
  en 80 jours
- Vingt mille
  lieues sous
  les mers
- Voyage au
  centre de
  la terre

VIAN
- L'Écume des jours

VOLTAIRE
- Candide

WELLS
- La Guerre des
  mondes

YOURCENAR
- Mémoires
  d'Hadrien

ZOLA
- Au bonheur
  des dames
- L'Assommoir
- Germinal

ZWEIG
- Le Joueur
  d'échecs

ISBN version numérique : 978-2-8062-5175-6
ISBN version papier : 978-2-8062-5219-7
Dépôt légal : D/2017/12603/869

Avec la collaboration de Kelly Carrein pour le personnage de Werther, ainsi que pour le chapitre « À l'encontre des mœurs bourgeoises » et le motif romantique « La nostalgie du passé ».

Conception numérique : Primento, le partenaire numérique des éditeurs.

Ce titre a été réalisé avec le soutien de la Fédération Wallonie-Bruxelles, Service général des Lettres et du Livre.